鸿雁已归来

钱亚 著

南京大学出版社

图书在版编目(CIP)数据

鸿雁已归来 / 钱亚著. — 南京 : 南京大学出版社, 2018.3

ISBN 978-7-305-19960-8

Ⅰ. ①鸿… Ⅱ. ①钱… Ⅲ. ①诗集—中国—当代 Ⅳ. ①I227

中国版本图书馆 CIP 数据核字(2018)第 034568 号

出版发行 南京大学出版社
社　　址 南京市汉口路 22 号　　邮　编 210093
出 版 人 金鑫荣

书　　名 鸿雁已归来
作　　者 钱　亚
责任编辑 张婧好　　编辑热线 025-83686596

照　　排 南京南琳图文制作有限公司
印　　刷 江苏凤凰数码印务有限公司
开　　本 880×1230 1/32 印张 7.625 字数 180 千
版　　次 2018 年 3 月第 1 版 2018 年 3 月第 1 次印刷
ISBN 978-7-305-19960-8
定　　价 58.00 元

网址：http://www.njupco.com
官方微博：http://weibo.com/njupco
官方微信号：njupress
销售咨询热线：(025) 83594756

序

我是在一次聚会上认识钱老师和她先生的。

那一次回重庆，朋友们照例张罗酒菜，我也照例来者不拒。跟一众兄弟上山，有一种“登东山而小鲁”的感受。当晚，来了好多朋友，登山临江，把酒言欢，很是惬意。

钱老师是随丈夫一起来的，她的先生非常儒雅，是我很敬重的一位兄长。他告诉我，太太钱亚女士，是一位刚刚退休的中学教师，她在重庆一中执教三十五年，其中有十七年时间担任班主任，兢兢业业，润物无声，桃李满园。

钱老师很和善，重庆一中是重庆的知名中学，当年的学生，如今已经在各行各业多有建树，每当他们回忆起恩师，总是充满感激。在他们的眼里，讲台上的钱老师总是充满热情，孜孜不倦，而在生活中，钱老师也有妈妈一样的爱心和耐心。

钱老师是一位感情充沛的女性，她善于表达与分享，用她细腻而真挚的情感，体察她身处其中的这个城市，动情之时，歌之以诗。她说，在人生的道路上，有着那么多动人的风景，她想用她的笔记录这个真善美的世界，真诚地分享给大家，与大家一起去感知美、分享善。

退休之后，钱老师依旧笔耕不辍，用真挚的笔触和诗句记录生活，记录感受。《鸿雁已归来》中挑选了钱老师近期的一些诗作，夜罢月凉，兴之所至，小读几页，如沐清风。

2018年春

目 录

鸿雁已归来

秋声隔世久，
犹记秋水烟。
苇汀芦岸漠，
琴瑟送影远。
明月空照水，
浩渺连天边。
芙蓉[①]梦千回，
千次换雪[②]艳。
迷中春音传，
鸿雁已归来。

［注］

① 芙蓉:夏天的荷花。

② 雪:秋天的芦花。

2017.01.06.13：21

看花开时候

常记少年简楼住，红墙倚满碧树，依稀花朵开我怀。
花间藏芭蕉，相伴一丛竹。
长路两旁树与楼，窗外路下红墙，相伴少年梦一场。
春秋循环景，长大花下人。
初心依旧，借日月，记住花开时候。

2016.07.04.20：59

江水长流

江水长向天际流，
未曾虚度生命同。
涛声直响东方喊，
海纳百川日月久。

2016.07.06.15：43

忆去年

又见旧枝开新花，
花前不识去年人。
月眸凝霜流今晚，
应为相思忆去年。

2016.07.06.19：56

生命静寂

什么季节，可以长出心灵的温暖。
有什么　世间的风，
能吹去生命的记忆。
如果一切认识是修炼的开始，
是不是正果的辉煌　应在来世。
今生此刻，
不知修道已经是多少个轮回？

诵经的路上，
相识　相忘。
相忆　一直未曾相识。
生命静寂。

2016.07.14.11：37

问　雨

——有感南北连续大雨

南北暴雨何时停，
洪水滔滔成摧毁。
叹息！
愁人汪洋一片　心随天涯行。
千万里　泛滥不尽，此水不柔情。
问上善谁是。
看人间，光辉人性、真情。
最是子弟兵。

2016.07.19.17：46

海棠依旧

海棠依旧相思色，
深情更在雨中凝。
月来辉映香静夜，
人怕错过住花林。

2016.07.19.21：51

梦　醒

回首桃源路，
分明醉梦过。
庄蝶早飞远，
醒来惊何处。

2016.07.26.16：26

夏时丽景

谁念桃花春早，
夏荷斜阳风好。
蜻蜓探花时，
蝴蝶以为春到。
飞上，飞下。
花月水中情话。

2016.07.27.18：59

行路客

世人皆是行路客，
应礼遇　缘生命。
纵有恨　总无聊。
等闲时　风雨也悠扬。
花开依然好，
明月挂心上。
雁过也　已托相思飞远方。
红尘道上真情在，
相识相伴有诚挚。
足矣醉。
有感叹　未见君，
却已一一景仰到如今。
感动今生。
珍藏此生。
春夏秋冬，
一路风景美丽且温馨。
行路客　可以彼此相关照，
怦然动心。

2016.07.24.16：08

盛夏之中

酷暑难耐高树蝉，
叫乱昏山未有眠。
云气皆醒掀热浪，
睡莲独自梦里闲。

2016.07.26.16：01

年年如约

——有感电视剧《海棠依旧》

玉桥边　海棠相思树。
人爱花美总深情　凝双眸。
花开与花落，情思幽幽，人与花树彼此心动。
风雨春秋，海棠依旧，人爱海棠直至迟暮。
日月懂得西窗屋。
年年如约，海棠依旧，人与日月光辉同。

2016.07.29.13：29

春秋时候

梦醒惊见鬓添雪，
蓦记梦里落花节。
春天少年陶入醉，
秋风吹醒过半百。

2016.07.27.17：33

若能遇见

红莲寂静，
浑身却散发绚丽的光彩。
在水一方惊艳。
茉莉如雪，
偏爱激情的阳光灿烂。
由内而外。
宁静优雅、玉心素芳。
留给尘世清华一片。
若能遇见，
生命便是美好。
恬淡，
可以自由奔放生命。
热爱，
朴素的生命可以非凡。

2016.08.03.17：15

夏里秋声

一场清雨、夹着飘叶，
减少了暑热，
零落着昨日的颜色。
似秋声已经。
风未吹去湿地的枯黄，
雨未萌芽心中的绿色。
黄叶会化为春泥。
热血将流成清水。

2016.08.05.19：51

立秋已几日

绿树陪伴春夏已进入秋季，
偶然丛中几叶红艳、未惊秋色。
真正的零落还未到来，
万木葱绿仍留念着山水的不朽。
几处红颜足以铭刻对红尘的记忆。
直到霜天飞绿雪，
枝上凝红冰。
季节总关情。

2016.08.13.13：14

交相辉映

今晨的日出仍然、带着昨日夕阳的热情。
即便风来阵阵，
也无法消退。
夏花，
炙热中的艳丽。
年年如约。
从生命第一次绽放开始。
太阳一直以火热的心，
追求着　执著在东西。
夏花最灿烂，
太阳最热烈。
相遇　交相辉映。

2016.08.26.15：14

芭蕉梦里

——“处暑”后遇凉意有感

处暑确是处处热。寄予西风、分缕盛情。
天边秋风携云，
悄然已至，经过千山万水。
树杪沐凉意，秋意赋予相思。
牵挂成缕缕。
秋雨。
不需纸笔，秋词已经缠绵成。
听滴滴天籁响在　今夜芭蕉梦里。

2016.08.26.20：14

冷　美

——有感一幅画

长江东去，逐雁西来，又逢秋声冷。
听北国深处、渐渐落雪，
南山上　望秋月相照枝叶。
玉声弄清辉，音画融进江水。
冷美，人醉。

2016.08.26.21：26

相思玉

一轮今世月，缥缈空中云。
月如玉，玉含烟，冷烟凝霜雪。
凝结了　古今几多离人泪。
倾为雨，飘成雪，洒下无数相思意。
留下深情夜中明。
月如钩，正牵情，十五月，团圆时。
问时空，何时高挂、旷世一轮月。
夜里一枚　孤寂相思玉。

2016.08.27.20：01

愿指夏花

飞雨漫落夏时花，
狂风为伴舞辉煌。
夏花消散也惊艳，
愿指夏花为深爱。

2016.08.28.18：47

微笑的烛

以微笑的心　初照世间，
一朵温暖，
释放一生热情。
燃烧只为　蜡炬成灰。
生命的光芒，
一直绽放初心。
即便成灰，
最后的光点，
也流下微笑的泪。

2016.08.30.10：51

秋里深情

飞雨染山水，
风添诗韵浓。
最是动魄时，
晶莹海棠处。

2016.08.30.11：41

似飘蝶

——今触景生情

昨日枝上花，
风雨似飘蝶。
谁曾花前伫，
是否共留影？

2016.08.30.15：56

秋　声

碧落江水响秋声，
惊起千山鸟群飞。
西风渐枯叶，
秋雨寒空林。

2016.08.30.16：17

夏荷美

走向清凉十里浦，
不肯辜负荷花天。
清香翡翠芙蓉丽，
红尘深处飘玉烟。

2016.07.06.16：11
修改于 2016.09.01.15：35

问　雨

——有感南北连续大雨

南北暴雨何时停，
洪水滔滔成摧毁。
叹息！
愁人汪洋一片　心随天涯行。
千万里　泛滥不尽，此水不柔情。
问上善谁是。
看人间，光辉人性，
真情，最是子弟兵！

2016.07.19.17：46

是不是

昨夜星辰映流水，漂向远。
今宵雨落只听声，荡尘埃。
入梦静悄。
波澜壮阔，无穷涟漪。
满江尽是　星光闪烁与月色溶水。
是不是　梦里路，
还可追上前夜，那一段琴声。

2016.07.21.19：09

只要心想

——记一次遇见

楼窗外　梧桐绿茵一片。
清凉　替代了酷暑，
已听不见蝉音　高声呐喊。
林下往来车，
载走耀眼的热烈，
留下宁静世界。
安顿悠闲。
翡翠玉林，
何时凤凰引来。
只要心想，
枝叶动时　华丽舞翩。

2016.07.22.22：30

盛夏之中

酷暑难耐高树蝉，
叫乱昏山未有眠。
云气皆醒掀热浪，
睡莲独自梦里闲。

2016.07.26.16：01

若能遇见

红莲寂静，
浑身却散发绚丽的光彩。
在水一方惊艳。
茉莉如雪，
偏爱激情的阳光灿烂。
由内而外。
宁静优雅　玉心素芳。
留给尘世清华一片。
若能遇见，
生命便是美好。
恬淡，
可以自由奔放生命。
热爱，
朴素的生命可以非凡。

2016.08.03.17：15

大风吟

从天呼啸，苍音迸发，
以生命的全力历经　留下寂寥。
被卷去的尘埃，异地悄然安家。
在红尘一方。即便曾经飞扬。
大风，无中生有，有声而来，去无影踪。
想必　应属量子一族。
隐在何方？

2016.08.17.12：51

思故人庄

渝　清

拂晓酒梦醒，
窗前凉风爽。
疑秋送涟漪，
忽念故人庄。

2016.08.28

深情步

——回“思故人庄”

晨风初醒昨夜酒，
不解君子秋水浓。
涟漪荡漾深情步，
故人庄里云梦游。

2016.08.28.14：58

独思量

——又说“思故人庄”

宿酒醒早，清风吹来旧时画。
如沐那时秋风　海棠树下。
在故人庄。
对饮秋水旁，有白鹭一行，飞向芦苇草。
你我渐醉斜阳下。
半醒在　一轮明月静悄悄。

蓦回首，春秋风雨梦千回。
叹独醉，叹独醒，故人庄　不能忘。
独自常思量。
问晨鸟　故人庄可好？

2016.08.28.20：21

请　看

有一种相遇叫分别。
风落木叶，
请看西出阳关　枯叶卷黄沙。

有一种蜕变叫美丽。
破茧成蝶，
请看为了花开　天空飞惊艳。

有一种阵痛叫温暖。
婴儿降临，
请看天籁音来　拨动母心弦。

有一种瞬间叫永远。
夕阳倏下，
请看每天日出　在东方灿烂。

2016.08.19.16：17

相思玉

一轮今世月，缥缈空中云。
月如玉，玉含烟，冷烟凝霜雪。
凝结了　古今几多离人泪。
倾为雨，飘成雪，洒下无数相思意。
留下深情夜中明。
月如钩，正牵情，十五月，团圆时。
问时空，何时高挂　旷世一轮月。
夜里一枚　孤寂相思玉。

2016.08.27.20：01

愿指夏花

飞雨漫落夏时花，
狂风为伴舞辉煌。
夏花消散也惊艳，
愿指夏花为深爱。

2016.08.28.18：47

小　思

——有感雨后消暑

流水向东远，
行云随风游。
暑热可再来？
雨后几枝荷。

2016.08.28.17：54

微笑的烛

以微笑的心　初照世间，
一朵温暖，
释放一生热情。
燃烧只为　蜡炬成灰。
生命的光芒，
一直绽放初心。
即便成灰，
最后的光点，
也流下微笑的泪。

2016.08.30.10：51

秋里深情

飞雨染山水，
风添诗韵浓。
最是动魄时，
晶莹海棠处。

2016.08.30.11：41

似飘蝶

——今触景生情

昨日枝上花，
风雨似飘蝶。
谁曾花前伫，
是否共留影？

2016.08.30.15：56

秋　声

碧落江水响秋声，
惊起千山鸟群飞。
西风渐枯叶，
秋雨寒空林。

2016.08.30.16：17

夏荷美

走向清凉十里浦，
不肯辜负荷花天。
清香翡翠芙蓉丽，
红尘深处飘玉烟。

2016.09.01.15：35

总是相思处

雁鸣似作留恋语，
秋风萧瑟回旋舞。
一里一徘徊，秋雨冷言中。
风雨无情时，
总是相思处。

2016.09.02.20：23

冬魂春魄

是谁约了风雪，
白玉爱上冬魂。
冰山如此剔透，
等春风万般温情。
给东方一江春水，
先开桃李，
如水晶莹。
渐开百花，
娇艳如水。
一切美好的生命，
从春天开始。
天下　尽显春的魄力。

2016.09.02.12：11

生命之精神

当太阳初升，
天下就已沐浴温情。
飞鸟绕空　不离不舍。
江山多娇　四季美丽。
万物　仰慕生命之精神。

2016.09.03.17：10

款款深情

秋风吹落残叶，
秋雨滋养海棠。
一叶在飘零，
一朵正初绽。
秋天，
是有情还是无情。
是别离还是相遇。
款款　都是深情。

2016.09.02.19：17

吟　松

挺腰伫高峰，
岩上非凡松。
风雨凝苍碧，
冰雪傲骨立。
空山落籽声，
回响气质铿。
不与秋风缠，
来生万松林。

2016.09.03.11：06

小夜曲

——忆昨晚

梦醒夜几次，
似闻鸟论声。
天凉秋风雨，
莫非听别音。

2016.09.03.12：14

秋　色

西风不消缠绵意，
尽裁多情秋水痕。
涟漪荡漾相思语，
山色空朦烟有无。

2016.09.03.14：18

玉　境

——有感昨夜西湖晚会

静夜西湖又升月，月照世间第几回。
孤山不独千年诗，长桥何曾只飞蝶。
天上人间断桥会，未了情丝江海接。
江波海浪共生潮，无限烟水映明月。
若虚若幻升清宇，玉境只听荡涟漪。
似见听音第一人，谁人第一泪融进。
明月如初今待人，春江花月夜为谁。

2016.09.05.10：55

只作飘云

当时渡过南溪处，陌生熟悉。
只作飘云，等闲一段他人迹。
幽幽流水自知时，此岸无痕。
月上柳梢，远帆何曾系柳叶。

2016.09.06.14：06

今夕等谁

秋风微，人未如约。姗姗来、迟到月西斜。
一路桂花香，迷人已成醉，误了黄昏时　与你相约。
淡月下，宁静夜，人似醉似醒同，
问柳枝，今夕等谁？

2016.09.12.09：39

天上人间

——有感元阳梯田

天上的万千宝镜，
是哪位仙人何时挥指到元阳。
片片镶嵌、层层相连，
流光溢彩。
天下广阔的梳妆台。
仙家　从云端上搬迁到了凡间。
好一个宁静的　天上人间。
仙子如此多情，
把美貌留在镜台。
凡间如此牵魂，
把眷恋种进水山。
宝镜云烟起伏，
波光霎时涟漪成水，
仙子飘飘纷落瑶池，
起舞翩翩，
仪态万千。
是天上还是人间？
问水中的云，
问天上的水。
在云南。

2016.09.06.11：13

冷秋回眸

冷秋长记春山林，飞遍蝴蝶。
李花如玉，梨花如雪映明月。
一夜绽尽百花丽，初心前世。
若问桃花，不忘当时陶潜诗。

2016.09.06.14：53

不只恋春浓

风扫落花无踪，
空留桃源长路。
只听流水声远，
何处不失春浓。

2016.09.06.15：30

秋夜清丽

玉枝摇曳分风月，
海棠带露情未央。
碧空如水江似锦，
数点星星天水光。

2016.09.07.12：06

岁月感慨

晚秋不逊初春，
霜叶红于桃花。
暮年先占岁月，
白发凝聚光芒。

2016.09.07.12：42

生命的真诚

——有感一个故事

落叶飘远自当弃，
留下枝头它占春。
不是世间憾事多，
去来都是深情真。

2016.09.08.10：08

夏时心绪

江畔有意留君住，故起晚凉风。
面朝东流觅诗句，
在水一方笛声　早倾诉。
夏里诗骨可以寒，怀念秋叶落。
不须怨暑嘲风热。
且惊夏花正灿　书热墨。

2016.09.08.14：46

好时光

今日阳光灿烂。
借吉时　秋高气爽，
直上彩云山上。
花树　一路微笑，
我们在芬芳里心醉，
蝴蝶起舞，
蜜蜂传来甜香。
百鸟　与我们一起飞往山上，
在屋檐下筑巢。
那屋，是我们美好的家。

2016.09.10.11：18

秋声听韵

秋风惬意，摇曳北窗一伫竹，
碧叶玉枝琼音　轻敲纱窗木。
鸟飞上下丛绿，鸣透清空。
千山少人迹，只见一幢房　松木楼。
人随心意徘徊，秋声听韵，
醉在秋雨细语，相思一场梦。

2016.09.11.11：46

一颗天珠

——秋里叹西湖

秋雨不溢西湖，恐流走千年的相思，
孤山成孤独。
秋风不断栏杆，
长桥与断桥　各自走着千年的人，
寻觅浓妆淡抹的梦。
优雅的涟漪，
一直荡漾着荷叶的如诗风度。
最是莲花玉色，
牵了千年人的魂魄。
秋色、不敢凋零杭州西湖。
我来到这里，
前世有约。
秋声里，有我轻轻的脚步，
和我颤颤的心动。
千年的情爱与颂歌，
飘扬在空中，
秋云掩不住倾慕。
秋夜的西湖，
静寂的三潭印月。
隔世恍若。
一颗天珠的光芒，
从来吸引千年人　万里远的脚步。

2016.09.12.12：35

和你梦约

深情的目光，寻找你那么久。
却在此时、只见到你乱云般的面纱，
面纱是秋风秋雨的缥缈，
恍惚感悟了你千年的多情，还有惆怅。
你的爱恋与深沉，化为泪水，淌入西湖。
只听见诗音涟漪　缠绵回荡……
夜幕下，未能与你对视，
留下今宵　和你梦约。
我思慕的　美丽的千年西子。
（今刚到杭州出萧山机场，见风雨潇潇，感叹。）

2016.09.13.20：34

蓦然心跳

——写在与你　梦约后

醒在秋鸟啾啾，听到你垂泪到天明。
穿过千丝万缕的柳，滴落到西湖。
蓦然心跳、昨夜，我已梦游，寻觅到了你的芳踪。
住在　你千年的芳所，八号楼。
我的心，正是秋雨　缠绵地飞落。

2016.09.14.08：35

良辰美景

秋风一缕　无言心许，
何况秋月如约。
海棠惊艳　在静夜深情。
诗句不负良辰，
融入秋水，
流向美景。
有位佳人，烟水横笛。

2016.09.09.14：29

夜梦醒后

今宵夜雨留我住，西子湖畔听缠曲。
天水朦胧羞涩藏，未识千年真颜容。
久慕仙子深沉爱，早传颂词久远流。
山色空蒙有古今，虚无缥缈非红尘。
蓬莱仙岛似有声，烟水浩渺涵绮文。
无奈我为凡间客，夜梦醒后将遥别。

2016.09.14.23：55

不知谁在等待

烟雨绵，清晨别西湖，经过吴江南，走向苏州，不知谁在等待。许多如梦如幻，许多画面诗音，还有厚重的历史长卷。

我情早已向往，却小心翼翼，怀着卑微与虔诚，轻轻走在空间与时间。

2016.09.15.11：58

异乡客

——中秋感悟

雨落无明月，
更冷异乡客。
不知故乡夜，
今宵可升月？
明月何曾暖，
可认谁温情。

2016.09.15.15：01

人在他乡

——中秋答月

屋檐秋雨滴声传，
他乡月泪一夜连。
千里之外是故乡，
问客为何千里来。
天上明月同一轮，
为月追到姑苏城。

2016.09.15.23：41

认酒饮

吴江不冷我，天上有晨曦。
江南水乡秀，温暖异乡心。
涟漪成丝绸，民居似莲出。
荡漾我心美，吴江认酒饮。

2016.09.16.09：38

久等你

——记昨夜第一次在苏州听评弹

纱灯朦胧映水楼，
江南烟雨隐巷陌。
婉曲妙音牵人心，
不知如梦第几生。
清丽典雅梨花雨，
潇洒倜傥兰草风。
一丈距离才对视，
方知一生久等你。

2016.09.17.16：28

为谁敲声

——记住今天

迟到今日过枫桥，
错过当初夜泊航。
秋风雨里上钟楼，
为谁敲声苍音茫。

（今天第一次到寒山寺，很感慨。）

2016.09.16.23：59

云山百合花

——一位少女

之所以你被人群多看了一眼，
是因为你在喧嚣之外。
因为闹市离你千里之远，
所以你的美一直都在。
像百合花静静，开在云山。

2016.09.18.00：32

娑婆界外

娑婆界外姑苏城，
寒山寺内钟声传。
欲知运河夜泊航，
可与张继会枫桥。

2016.09.19.18：23

诗禅悠悠意

——感叹寒山寺

风雨寒山寺，
寒山子可知？
一千五百年，
似仰梁代僧。
枫桥夜泊吟，
留下张继魂。
钟楼庄严声，
和合不朽音。

2016.09.19.17：18

诗情画意

——秋游苏杭之感

烟雨江南行，
进入古今景。
沉迷西湖雾，
吴江流绝句。
隔世民居岸，
划船小桥下。
优雅琵琶女，
半遮更婉约。
悠悠运河长，
诗意寒山寺。
怅然对夜泊，
枫桥少一人。
钟楼千年响，
梦里一生聆。

2016.09.19.22：35

拾起东方明珠

——有感到上海

西从长江头，
上海拾明珠。
浦东长江尾，
千里共生琼。
一江中华脉，
同流母亲血。

2016.09.20.11：19

渔火对客船

——诗意寒山寺

寒山钟声冷寒山，
枫江楼外枫桥寒。
寒冷夜泊千年夜，
江枫渔火对客船。

2016.09.20.15：53

寒山晓月

寒山晓月夜泊船，
江枫渔火客刚眠。
枫桥初静风未静，
寒山钟声空回旋。

2016.09.20.16：19

宁静之处

——感触一次舞蹈

一枝白莲出清泉，
宁静之处听仙来。
风动琴瑟拨心音，
波纹千层天籁弦。

2016.09.20.22：12

访孤山

独居孤山二十载，
种下梅花千年开。
放鹤已飞百代云，
林仙[①]神韵留西山。

［注］

① 林仙指林逋，西山指西湖孤山。

2016.09.21.15：14

西湖深含爱

横桥婉转绕孤山，
垂柳依依徘百燕。
烟雨常不露山水，
深含西湖千年爱。

2016.09.22.08：45

过枫桥

晚风拂面过枫桥，
钟声不留客船往。
楼台灯火映流水，
照过寒山几人到？

2016.09.22.14：11

秋分冷渐来

秋分今日期，
落叶随秋风。
冷有惊秋艳，
巫山第一枝[①]。

［注］

① 巫山第一枝：巫山红叶。

2016.09.22.21：02

秋分望北方

——叙述一个人的故事

秋分今又是，
北雁应南归。
佳人住北方，
君在南水乡。
乘舟欲探望，
水长恐结冰。
愿生双翼飞，
宁栖北雪枝。

2016.09.22.21：42

爱秋色

莫说秋风无情，
扫去残叶。
留下空枝，
为来年春天长出新绿。
秋雨有情，
点点滴滴……

一江秋水　滋养秋山不枯竭。
直到来年春天，
万木成林。
秋天淡雅，
却多情。
雁南飞，远影的徘徊，
南枝头，北鸟的温馨，
落叶与树枝的告别，
海棠秋月，
霜色凝红叶，

再听，那一首首缠绵的诗句。
秋天厚重，
看无数丰收的果实。
秋色迷人。
爱秋色。

2016.09.23.21：28

如是这般

春花欢颜，夏花灿烂，
秋叶静好，冬枝深沉。
一个人，如是这般，
恰是享天地之馈赠，很好。

2016.09.24.13：23

感动永远

感动海棠依旧，
凝情人去楼空。
却是温暖仍然，
西屋①光芒永久。

［注］

① 西屋：西花厅。

2016.09.24.17：11

树的心声

——有感一幅画

在风中抖落一身的尘土，
让枝头昂扬在未来。
雨中是最美的感觉，
洗掉曾经在岁月里的疲倦。
拥抱风雨，
不悔千次万遍。
用一生去迎接，
付出的是不变的热爱。
爱我所爱。

2016.09.25.18：06

之 间

安静的时间，变化了空间。
依然的天地，
流逝着时间。
四季仍旧花落花开。
绿水萦绕青山。
默默里，
白发坠落在我的双肩。
我的青丝，
是不是长在你的发间？
红尘的风　又吹过时间千年。

2016.09.30.16：27

南山秋语

——即景

秋林静秋山，
深藏一曲思念。
风动音传。
不知林外的那一片澄湖，
是否听见？
只愿莲花
——清水盛开。
与季节无关。

2016.10.02.15：33

那一棵秋树

——触景生情

那一棵秋树，
渐落秋叶　风中。
一片片从容。
一地落叶，
寂静中缓缓失色。
那一树的枝干不变　墨绿色[①]，
早已是一生，被春意眷顾。
把我心中的花，
开在落尽秋叶的秋树。

［注］

① 墨绿色：树上长满的青苔。

2016.10.02.16：35

淡水涟漪

——有感一幅画

秋风路过一池波，
淡水涟漪似连愁。
不知第几秋无限，
谁教秋池能消愁。

2016.10.04.21：15

只是一次

只是一次相遇，
惆怅走不出情思。
恍若回到前生。
只是一次感动，
如同经历一生沉醉。
深情早已飞越几世。

2016.10.06.18：58

千里相遇

——今宵凤凰古城

凤凰古城夜中灿，
人上层楼欢声连。
高低横桥粼波丽，
谁在等人今宵观。
蓦见远山开琼树①，
我见钩月刚出山。
恍若仙景建红尘，
千里相遇第几遍？

［注］

① 琼树：一远山静默，山顶上却几棵灯树卓立，相对不夜繁华古城。慨叹万千。

2016.10.06.20：10

九九颂

杨精培

天旋日转又重阳，
满地黄花分外香。
夕照西山铺彩绣，
恰逢美丽好时光。

2016.10.09 重阳节

天子山[①]上之悟

——献给恩师

钱　亚

重阳节上天子山[①]，
群峰之间佩师言。
云雾缭绕牵魂久，
更醉此生红枫艳。

[注]

① 天子山：张家界天子山。

2016.10.09.09：56

感 谢

杨精培

天子山上红枫艳，
那是西风用血染。
恩师好比夕阳树，
叶落归根把家还。

2016.10.09 重阳节

祝长寿

——献给恩师

钱 亚

世间西风醉枫红，
岩上卓立惊云雾。
重阳一杯浓醇酒，
献给恩师祝长寿。

2016.10.09.18：46

致谢忱

杨精培

恩师耄耋逢重阳，
珍惜师生情谊长。
天若有情天不老，
人间正道是沧桑。

2016.10.09 重阳节

天上有情

——献给恩师

钱　亚

老师年年笑重阳，
岩枫①金秋如艳阳。
今生有幸师恩重，
应是天上有情到。

［注］

① 岩枫：恩师笔名。

2016.10.09.20：22

谢钱亚

杨精培

重阳已过青城山，
移步缓慢秋雨绵。
惊梦缘是鸡报晓，
岩枫诚谢石竹天。

2016.10.10

仰岩枫

——献给恩师

钱　亚

石竹[1]从来仰岩枫[2]，
惊叹更在深秋中。
千里之外听师韵，
百般感动谢恩重。

［注］

① 岩枫：杨精培老师笔名；② 石竹：钱亚笔名。

2016.10.10.09：51

怦然心跳

——有感张家界坐索道上下于玻璃桥上种种体验

上入云端下飞海，
怦然心跳度桥悬。
明知惊魂偏执着，
只为离尘瞬时仙。

2016.10.11.10：46

回　首

——记忆张家界游览

张家界观亿年峰，
曾经沧海水早干。
留下足迹一路情，
回首昨晚已家山。

2016.10.11.11：04

猴群突来

——游张家界小插曲

结伴攀登上云峰，
历经辛苦肚早空。
刚歇岩石坐饮食，
惊在猴群突来临。
安然自享顿时消，
各自魂飞逃离慌。
纷纷弃食忘律窜，
妹娃指有垃圾袋。

2016.10.11.12：46

神奇张家界

高天无飞鸟，数峰入云间。
山涧流清泉，谷底有碧潭。
松傲空中石，丛林生溪边。
清水游鱼蛇，猴与人相随。
石林呈奇观，远近相对看。
云雨织梦境，蝶恋亿万年。

2016.10.11.22：51

边城游

边城清水河，
乘船三界游。
横桥时空跨，
蓦见翠翠处。

2016.10.12.09：10

深秋时

无情秋风多情雨，不懂海棠语。
捧起一杯菊花水，余香知东篱。
他乡故乡，已过中秋明月。
还看石林霜竹，又多一结。

2016.10.12.11：16

寒　意

秋未老，秋风正斜柳。
试上菊花台，
半池秋水一片芦，烟雨半遮陌。
秋雨后，雁过也。
休用霜色唤蝴蝶，
且将寒意引梅雪。
诗情趁冰结。

2016.10.12.11：54

抒　怀

——忆江南游

久慕到江南，醉听枫冷江。
自古吴蜀同风流，起航长江头。
西湖泛舟人，共赏中秋月。
不忘长桥与断桥，孤山寂寞林。

2016.10.12.13：48

秋之丽景

秋兰若君，秋月似水。
风如蝶飞，水为佳人。
秋雨绵绵一帘梦。
烟雨里，
幽香与流声。

2016.10.12.14：21

等　候

——有感某电视剧

一桥横江很久、很久。
等你归来的时间很长、很长。
等你的人，
从青丝等到白发。
只看到你出发的背影，
却从未看到过你向我走近。
哦，有千万次向我走来，
那是在梦里。
在无数次思念与幻境里。
等你，
等到双眼失明，
等到什么都忘记。
只记得　你出去了，
就再也没有从桥那头　向我走近。
横桥静静。
风雨中　横桥渐渐老去。

2016.10.12.21：41

浅悟超然

心空不碍云海游，
神虚能通山水默。
身无双翼灵飞远，
心生一善情留暖。

2016.10.11.14：26

底色伴主题

——浅说色彩搭配

一片墨绿艳桃红
浅绿带旧醒芙蓉
月色更懂海棠韵
梅出浅灰暗怀旧
银蓝含蓄兰草风
枫立岩石深秋红
一杆竹伫霜色云
孤鸿踏雪更静冬
金镶琥珀惊世遇
翡翠玉气升荷绿
钻石耀眼汉白玉
珍珠超凡清水色
劲松横空铜铸魂
海天一色升红日
明月不负蔚蓝空
茫茫无色晨暮钟

2016.10.14.14：06

成　就

风吹轻轻草，
只枯不零落。
浪掀千尺水，
回声有天籁。
雨打万种叶，
成就绿荷珠。
柔水默无形，
穿石流古今。

2016.10.14.17：21

春　蝶

冲出枯叶般冷茧，
吸进第一口春来。
抖落一身的寒气，
展翅去寻找花开。

2016.10.14.19：37

荷叶水珠

荷塘雨，似璞玉敲声连连。
风摇香叶动了整片，大小晶珠滚动闪闪。
似珍珠从天　纷纷落在碧色玉盘。
见珠或分或聚，或溅落，尽听天籁。
风雨静，一片宁静。
绿荷如雕，千姿百态。
尚有水珠滑落、轻轻入水，
池里留下的　只见瞬间的句号。
一个个
由小渐大，心听有音。
荷叶上
那点点水珠，颗颗亮圆。
动与静，一段缘。

2016.10.15.09：42

寒　冬

风吹无叶落，
雨敲孤独枝。
霜染暮年头，
雪化为谁春？

2016.10.15.12：56

棕榈叶[1]

何时谁刀锋，
劈成道道痕。
常年绿叶意，
暑时送凉荫。

［注］

① 棕榈树：常绿乔木，叶子可以做扇子。

2016.10.15.13∶22

梦　醒

五更寂寥，恍惚微雨车行，睡梦初拆。
细风拂来伴凉意，更醒往事历历。
春花秋月，夏草冬日，装扮过去时。
音画犹在，卷走时空不回。
沉寂买断心宁，人静听鸡鸣，东方已白。

2016.10.17.07∶17

无知问

片云远飘因无边？
停留那朵风没来？
海水东归何又远？
地不随波水天宽？
生命有限代代生？
梦境恣意梦能衍？
人生留恋在初见？
天长地久动谁怀？
陈年老酒醉何心？
春短却生万物来？

2016.10.16.11：03

最近的距离

零　不是世界上最近的距离。
最近的距离是日月。
虽永无交集。
天长地久一直　相互追随。

2016.10.17.10：02

叶

——写在深秋

风回秋叶终不留，
未碎已成秋水痕。
叶生空枝明春又，
绿意为谁伴花住？

2016.10.19.12：05

感谢深秋

风带寒露，卷了许多叶舞，清音绝尘。
清香未消、南山似有，菊花应浓。
还有岩枫　红透。
看彩叶夺目秋山，秋水斑斓成珠，铺成秋词　千千首。
百回眸，感谢深秋。

2016.10.19.12：53

寒　霜

寒冷秋山草，
渐落绿色意。
霜冻秋石木，
顿生彩色树。

2016.10.20.11：08

冷美秋天

秋霜是凝结的蜡，
红叶燃起蜡炬的光。
冷　美秋天。

2016.10.20.14：23

冷秋叹

才从东方回，
云雾未远飘。
欲起西北步，
不知草可霜？

2016.10.20.10：30

随　语

草不分享蜂的蜜意，
花不全懂草的四季。
蜂花是一场诚挚，
明月升时无雨。

2016.10.20.17：23

寒　玉

一帘烟雨遮千媚，
不见世间花色。
独见红叶、霜时。
占尽秋色。
寒玉暖魄。

2016.10.22.12：43

感慨南京

——写在离别南京的高速路上

走向六朝古都，曾经的画卷深深思索。
钟山风雨，响声不绝，诉说着古今厚重。
俱往矣，风流人物，数不胜数！
现须看，南京耀眼，人民幸福！

2016.10.25.10：05

秦淮河

——游南京感悟

秦淮河，流着多少爱与恨，情与愁。

从古至今，生生不息。

时间河的波光，闪烁出秦淮人家，紫金山上下，两岸灯火。

日夜拍岸，涛声经久。

一段段回肠，荡气惊魄。

秦淮河，南京人的母亲河。滋养中华民族精神的、不息河流。

对秦淮河从此　更加深情。

2016.10.26.10：58

不忘雅韵

上次初遇音萦绕，

不忘雅韵春蕾家。

雨巷楼阁灯火下，

昨夜又听愁带香。

（上次到苏州初听春蕾茶楼评弹，不忘。昨夜又去苏州，再度前往欣赏，感叹。）

2016.10.27.10：37

他乡遇故人

——此次旅游偶感

苏杭烟雨　一直弥漫到了黄浦。
藏着万般的千年思绪，
谁能说得清楚。
正是深秋时候，
又一片枫落吴江，
冷音再度彻骨。
何况异乡人，走在风雨中。
他乡遇故人，
两处相陌。
彼此的背影，
转眼消失在暮色朦胧。

2016.10.27.18：22

蓦然自知

——写在返乡登机之前

江南烟雨淡泊秋，
水墨画卷诗情浓。
千里思慕又到此，
蓦然自知异乡客。

2016.10.27.18：41

秋水伊人

太湖涟漪秋水宽，
荷下鱼虾芦苇淡。
卓树立水宛伊人，
等君度桥某一天。

2016.10.27.20：29

主与客[①]相见

——有感黄浦江边一主人送我返渝

三十年前是同乡，
黄浦江边我为客。
他乡你可心安顿，
渝州从此少一人。

［注］

① 主与客：三十年前同是重庆人。

2016.10.28.15：32

赏秋山

秋山光雾罩万木，
白雪昨夜遮红绿。
为赏彩叶千里来，
茫茫一派[①]掩风流[②]。

［注］

① 茫茫一派：指白雪与大雾。

② 风流：指秋山的斑斓色彩。

2016.10.28.17：30

秋　雪

——深秋赏秋山

白雪昨夜访秋山，
雾里秋叶不肯言。
千金未必是羞涩，
玉颜许秋应在先。

［注］

“千金”与“玉颜”均指秋山的彩叶。

2016.10.28.21：50

秋山暮色

茫茫大雾从天下，
直流烟云遮秋山。
初见彩林昨夜雪，
暮时雪叶掩苍帘。

2016.10.28.23：06

秋　晨

——旅行中

薄雾流林愁荡怀，
昨识人远空留山。
夜雨润泽深秋景，
未滋游心怅然先。

2016.10.30.09：04

初见十八月潭

叹!
南江十八月潭,
深藏光雾山间多少年?
碧玉的魄总是吸引着、
彩叶之魂,
瑰丽璀璨。
人间何时　才识得夺目的风采?
昨天初见,
已经留在了长梦　不醒来。

2016.10.31.10∶41

吟　风

春风不只绿江南,
夏花与风正热爱。
秋风摇落千种愁,
万物希冀潜寒风。

2016.10.14.09∶42

月夜吟

琼楼顶上初升月，
华光渐镀碧瓦层。
一夜清风度松涛，
檐下梦云飞出阁。

2016.11.01.15：18

一段情缘

——感叹十八月潭栈道

十八月潭藏光雾，
人间何时识深谷。
十八相依栈道情，
只是未到归去处。

2016.11.04.11：47

秋山雪意

初见雾雪笼秋山，
两季偶遇情相关。
秋越长夜试冰意，
冬赠白玉前一天。

2016.11.05.21：56

远　近

天地之间那么近，
是因为苍雾茫茫连成一色，
那时野外正黄昏。
天地之间那么远，
是因为风外斜雨晶帘如流，
那时音响正如珠。

2016.11.06.18：32

第一枝

——今日立冬有感

秋颜试冬妆，
红叶第一枝。
君若霜心许，
乘云巫山壁。

2016.11.07.07：13

立冬落雨

冬雨落流江，
疑是更凝霜。
留住秋水情，
来春映红妆。

2016.11.07.07：29

近远心

——写在立冬冷雨时

二次江南回，
一种近远心。
霜难降温度，
寒不离故土。

2016.11.07.07：48

不知后面景观

——他乡触景生情

观庭园花墙翠竹，
客宴后，独自闲步。
长廊外，几许冷风去来。
享清静，人家楼前。
又见初晴燕呢喃，
想家园，檐应翅旋。
空思绪，还误与人交谈。
不知后面景观。

2016.11.10.12：52

枪口之下的坚定

——感动于某电视剧片段

一场无所畏惧地向前，
一个、两个…
浩浩荡荡的人群，
是生者向逝者庄严走近。
在日军的枪口之下，
奋不顾身。
不只是为了掩埋同胞的遗体，
是要树起一座座丰碑，
英雄那不朽的　魂！
中华民族　永远不屈的精神！
一片寂静，
天空中凝固了飘叶，
巨浪在寒云里结冰，
鬼子胆战心惊！
天地之间，
只听到，
坚定的步伐一声声，
只见，
那势不可挡的　如潮般身影！

2016.11.11.20：01

先得天宠

——说红叶

不是花，却比红花更浓。
冷霜染遍玉色，寒里占尽风流。
深秋到冬，先得天宠。
沉醉是东风。
君不见　红叶长相思慕。
但愿人秋　更爱冬。

2016.11.13.12：16

冬枝韵

落尽残叶风前默，
还知道，久沉寂。应有百千回。
天地寒，横向冷云。
十分孤静，与雪无语，
有飞鸿踏枝。
一阵香雪倾。
看片月，携诗东升。

2016.11.13.12：46

林中闲步

是谁云林那边语，空音风中回。
似听流水相答，步随泉石寻声。
绿云又是湿之时，润泽肺腑心。
经过万草千树，
一程又是一程。

2016.11.13.14：03

相对又一诗

寒中觅得相思句，
情到自是吩咐心。
风雨动黄昏，千枝浓霜叶。
又到相见日，世间最霜时。
莫负深沉意，相对又一诗。

2016.11.13.14：32

忆南江[1]游

一样光雾山[2]，却两处生绮色。
长坝高处远景，一路尽北国。
横看十八月潭，碧泉带彩叶。
闲时记忆指南江，休说忘却。
如今枝上消息，问谁可明白？

［注］

① 南江：四川省南江县。

② 光雾山：属南江县。长坝、十八月潭均属光雾山风景区。

2016.11.13.15：24

谁是你的心

风的长度丈量出落叶的途径，
雨的落声说出天地间的距离。
仰望穹苍，
繁星中，
谁是你的心？
划破黑夜，与明月同辉。
世间共呼吸，
无风无雨无限乾坤。

2016.11.13.18：23

风雨过后

冲刷了到处的尘埃，
卷起了无数埃尘。
风与雨各自的不同功能。
风雨却，总是同行。
经过的路上，
会留下什么情景？

2016.11.13.19：53

途中景

草陌千条，风路十里，
百转还是冷意。
山映水浅，风皱成一片。
雨点如敲玉盘，
乱人影，与山水同舞。
惊鸟飞远，
近了天籁。
不见去年花在。
现在。

2016.11.14.12：56

云处琼楼艳

——美景遇

我从雪山回，
一路带明月。
今宵十六圆，
光辉懂人怀。
云处琼楼艳，
丹桂树下缘。
待我再赏时，
邀月醉花前。

2016.11.15.23：58 星期二　农历十月十六

相对茫然

——记忆

湿雾成雨点点滴，
偶遇寒潮时节。
冷烟迷离，
已非那时。
何时落尽梧桐叶，
意未绝。
遍地枯叶铺几层。
还似有，片片蝶，
草上、阶前、竹上停……
正与空枝相对，
道不尽，一场相见与相别。
风卷起，无数缠绵悱恻。
空无人，
夜幕更冷一切。
相对茫然。
谁解其中苍色。

2016.11.16.22：47

芳草香来

千百寻芳草，
惊艳雪山上。
蓦然回首时，
万般诱人香。

2016.11.17.14：46

堪称完美

——人或事的感悟

缘分的注定，
彼此深度、走近，
读懂对方，
灵魂相遇。
便是相互的成全，
堪称完美。

2016.11.17.16：52

奇遇恰逢

天地如春温暖人，
阳光普照明亮心。
仙山奇遇如意玉，
人间恰逢得双欣。

2016.11.18.20：38 星期五　农历十月十九

风云之缘

风影落水成波纹，
无意触动云之心。
两情沉鱼水为媒，
飘在空中均无根。

2016.11.20.13：02

风吹落叶

风吹落叶远，
心情未随宽。
久冷对萧枝，
早春应绿颜。

2016.11.20.16：27

仙山处

——写在小雪节气

小雪爱玉景，
住在仙山处。
君若情相愿，
雪岭有芳容。

2016.11.22.08：33 星期二　农历十月廿三

天意眷

——赠王一

锦绣年华日月伴，
瑞气萦绕祥云连。
红尘深处一佳人，
美目善心天意眷。

2016.11.23.08：36 星期三　农历十月廿四

月语香来

——赠侄女王一

明月升上来，
花影弄窗前。
芳香遮不住，
月语透纱帘。

2016.11.23.17：31

我负约

巫山红叶又听浓，
当初相遇一年过。
记得彼此相约在，
可叹今年我负约。

2016.11.24.10：10

染冬风

——赞红枫

梧叶说冷阶，
蕉雨吟寒空。
枫树早霜红，
彤云染冬风。

2016.11.24.10：56

心许冬天

——白雪与梅花

雪蝶飞舞长负芳菲。
偏回风，舞向梅香。
疏枝孤独年年，
从不与　蜂蝶相约，立向岁岁空寒。
玉色世界，
从来，两情相悦　不分不离，心许冬天。

2016.11.24.12：29

何时能遇见

小雪过后，黄花落尽，寒风冷云。
空篱无凭对陶词。
虽流声、不见桃色，暂休说，武陵人春。
芳菲等闲，纷纷。
待梦里，问渊明何时，能遇见桃源与东篱。

2016.11.24.11：39

时空书签

桃李花未开，并非春天。
花开春暖，人无两度再少年。
再见如淡茶，可以品清长。
真情、似夏天火红的太阳。
人生初见、遇在第一，
珍藏于冬天能升华。
秋落与冬枯，铭记了相思和期盼。
冬去春来，年年天天。
镌刻在时间与空间的书签。

2016.11.24.13：36

走过寒冷

梧桐落尽秋风冷，寒沙卷叶黄。
飞往何方雁几行。
望断天涯云雾　柳丝长。
一江秋水远行航，
看雪飘波凉。
梅开玉渚暖月色，
渐入仙境桃花香　一枝春。

2016.11.24.20：47

送 别

长桥两边柳，
月下送人步。
绿枝不忍折，
恐缘别此处。

2016.11.25.13：14

芭蕉碧意

月照芭蕉绿，
风来笑点头。
碧意不改衷，
雨下休商榷。

2016.11.25.13：59

寻　美

寻遍山间景，悠悠云雾相随。
淡烟疏雨似有情，不枉一路行。
竹外小楼高处，挂一轮明月。
溪边海棠斜枝，艳极便须折。

2016.11.25.18：22

寂　寥

——某小区寒冷时刻

黄叶满阶烟雨浓，
冷风上架藤水流。
湿雾笼罩空陌巷，
闭门小楼各处朦。

2016.11.26.09：36

雨声敲不开

——一次印象

寒成雾漫又成雨，
落下冷音响空岭。
敲声不开人家门，
阶前只叩梧桐叶。

2016.11.26.09：59

明月常有

月中丹桂，雪夜高挂。
酒对华光，纵情天下。
人间美好，只要心到。

2016.11.26.10：22

赠　送

一枝梅，雪中情。
香送世间，赠一段春色。
梅落后，雪化时。

2016.11.26.10：39

雾卷梦幻

雾满四周，冷风卷人正飞空。
再上三尺叩天神。
若渡烟海，如离人间拜海龙。
烟雨朦胧，似到人间来世途，
恍记起，前生江南二度游。

2016.11.26.12：12

雨落声

未眠不是恨落声，
斜雨横风思念心。
若是泉边松石床，
天籁珠音[①]溅梦长。

［注］

① 珠音：雨水成珠之滴声。

2016.11.26.15：03

如有待

上次下雪山，
明月送到家。
此情如有待，
山屋月已高。

2016.11.26.15：36

美好和谐

——清晨即景

寒雨初收，清晨。
东方，一轮金色太阳，光芒万丈，普照大地。
窗内，光耀无数，如沐浴春晖，暖在人心。
金色时光，从东方开始。
温暖世间，从心里长成。
美好和谐，生命初心。

2016.11.27.08：42

红叶颂

君可知，寒冬里的灿烂，
在静静光艳。
她无心打扰梅雪的欢喜，
却深情地展开怀抱，
迎接着孤鸿飞来。
她无心惊动万物的冬眠，
却让火焰燃烧在　雪的世界。
她　有心让寒霜染遍自己，
却无意让春天的温暖，融化了冰山。
明知道是最冷时候，
却有意或无意　她将夏天带到了冬天。
激情四射，感动了人间。
红玉温润无价，上苍赐予世间。

2016.11.27.11：18

山月随行

——云山记忆

清夜寂静，玉风无尘。
上空山月明净，
岭上三尺　银色。
木香入肺腑，沁人心脾。
丹桂树下对饮。

甜醉初醒。

渐渐，
随飘云回红尘　相约下次。
朦朦胧胧　越过千山万树，
清清楚楚　山月与我随行。
我行一生路，月飞一夜云。

2016.11.27.14：16

彩叶的秋天

彩色缤纷，画乱秋的素色。
激情四射，撩动秋的矜持。
愿意守一生　彩叶。
秋叶如花，
开在最美的地方。
灵魂已　向秋天表白，
爱上秋的淡雅。
飘落也　满空彩雨。

2016.11.28.10：12

游云雾山

——车上记忆

烟云浩瀚似卷海。
望不断　天涯远。
岭高处处只几尺，
如船帆，荡浪间。
我似飞云间。
又似与涛旋。
鸣鸟一声，蓦然醒在群山转。
云雾舞千回，若隐若现。

2016.11.28.11：24

寒中送暖

——谢侄儿

山水一程又一程，
寒中送我香茗叶。
一片热心付暖茶，
再谢温汤似琼浆。

2016.11.28.12：22

绝尘胜处

绝尘胜处，白云深度。
君若有意，直往峰路。
先问清风，再寻泉音。
皓月香桂，与心相会。

2016. 11. 28. 12：51

冷秋有意

落叶成阵，舞成缠绵。
飞鸿独远，吟唱离词。
烟水淡泊，洗净尘埃。
万木霜色，宁静凡心。

2016. 11. 28. 14：56

秋　缘

——偶然联想

生在秋天未浓时，
血如秋水写淡词。
叶遇秋风向远飘，
人沐秋雨霜[①]不移。

［注］

① 霜：白发。

2016.11.28.16：17

黄昏如画

黄昏如画。
也许是风雨交加。
也许是如酒夕阳。
生命编织的情网，
灵魂绽放的光华。
风景独好。

2016.11.28.20：28

红叶暖语

爱从寒中来，
韵在冷中生。
红颜美语暖，
一任霜风欺。

2016.11.29.10：53

是否似我

秋风卷淡云，留住欲浓霜叶。
相对红叶如花，引春天蝴蝶。
秋雨洗净世无尘，长空一皓月。
君意是否似我，住在红叶林。

2016.11.29.11：39

夜越山

风随车行,月光平分几重岭?
草树移影,似飞鸿轻掠。
丛林熟睡,万物匀呼吸。
夜深沉,清香透彻,蝶飞十二岭。

2016.11.29.22：22

今晨景色

寒未减,雾已增,天蒙蒙。
清晨似作晚色。
东边竹西边柳,
烟云做媒,二碧联茵。
绿冷流溪。
芦冻荷衰。
千朵蕾　欲绽去年枝。

2016.11.30.09：07

茶花风姿

心暖、淡寒意。雾散见芳枝。
茶花蓓蕾、微启香唇，欲说相思。
不似桃叶桃枝，只念春。
爱白雪　不只有梅。
早慕　先于梅期。
等在寒来初时。开在冷空迎雪。

2016.11.30.10：42

点点情愫

寒水冷雾，往来蜻蜓薄翅。
飞到什么时候，为谁奔波？
想夏时，花满池，香漫迷雾。
清水芙蓉。
现在深冬。
水未变色。
蜻蜓点水依旧。
点点情愫。

2016.11.30.11：56

无限美好

风约碧波，一枝摇香，立在横塘旁。
烟雨难遮芳华。
花影不流水，
清净一方。
应作笔墨　好写新词丽篇，
余下　且分付岁月图画。
无限美好。

2016.11.30.12：58

问　蝉

记得夏蝉，
总热闹世间。
铿锵之声　高树之巅。
无所畏惧酷暑，
对高热　那么喜欢！
感叹！
却为何　只在树上，
从不下来。

为何不，
高歌在世界最高处，
为何不飞向天空，
与火球相伴。
渐渐秋天，
又已寒来。
问蝉，
你是否还在树上、没有下来？
高处不胜寒。
大地，
很快是雪的世界。
草木已经梦中冬眠。
梦里　你在不在？
应该在。
如果在，
你一定是为了后面的夏天。
酷暑中　高树上，
又一次次高唱，
呼唤。
为谁在？

2016.11.30.20：48

溪水冷雾

冬邀冷纱浣清溪，
烟波隐约西施音。
上善若水世间源，
寒时更引美人心。

2016.12.01.08：42

云雾之魅

寒雾漫，记起烟雨江南。
风荷绰影，月下睡莲，桥上谁度，燕语说千年。
碧波荡轻舟，一竿西湖游遍。
涟漪起，古今绵绵情怀。
曾醉听，诗从天来。
梦萦孤山。梅香、飞鹤……
千里之外，又约眼前。
云水冷，但怕寒雾早散。
恐忘江南魂，牵我西湖魄。

2016.12.01.11：39

美在其中

淡云萦树，莫说轻轻挂闲愁。
浓雨凝珠，且看
深深芬芳烁。
烟雨朦胧，美在其中。
稍纵即逝。
留在心中几多？

2016.12.01.12：16

寄　情

风去一段情，
雨回千滴泪。
长空寂静时，
何处是相思。

2016.12.01.14：23

秋冬笔

——大雪节气前几天

寒雾早，湿鞋先知。休怪侵阶芳草。
一夜露水兼温降，尤其大雪欲到。
冷雨绵绵下，冻住桐叶半空黄。
恍若秋留树上。
阡陌染雪霜。
秋冬笔，双色同画。

2016.12.01.16：29

香　蜜

日升天空明，
月照清澄穹。
花开四季有，
芳香酿成蜜。

2016.12.02.08：08 星期五

一夜声

楼外金风一夜声，
穿林过云索丽词。
叶叶清诗美花赋，
香云传来天籁音。

2016.12.02.13：46

心　贵

——谢侄儿

佳肴送来双重情，
温暖如春与真诚。
世宴易聚别时散，
心贵相饮酒一生。

2016.12.02.15：31

怡然自得

香茗袭人袅热云。
驱寒枉了冬风冷。
碧意温润在玉壶，
怡然自得暖心头。

2016.12.02.16：19

润　玉

——咏红叶

红艳惊严冬，
一叶正深情。
云里巫山上，
润玉暖寒溪。

2016.12.02.21：56

花前月下

月升初照林，
人约双飞蝶。
无言花自羞，
有情心相随。

2016.12.02.22：59

经年思绪

岁末盼春又经年。
寒雨滴，冷风缠，
但愿霜雪早点来。
梅花香，香天外，
雪涛深处呼春连。
化作涓涓桃花水，
蝶翩然，千里之外正回还。

2016.12.03.11：51

似偶然

梅花香自苦寒来，
何须黄昏媒妁先。
佳人应邀明月下，
花蝶雪遇似偶然？

2016.12.03.11：16

相思彼此

——又忆游太湖

无锡有声太湖波，
余音入梦渝州客。
在水嘉树烟雨桥，
叶叶相思与水多。
滴碧意，润桥头，
千里之外睡莲梦。
长堤柳丝舞长袖，
与苇草，牵我魄。

2016.12.03.07：57

谁能安排

雪花飞不到，陶潜桃花源。
梅花不开东菊园。
谁能任意安排，与季节无关？
如是有，
让牡丹荷花同期开。

2016.12.03.12：23

云山飞鸟

茫茫云海卷千山，
飞鸟欲栖迷糊糊，速入苍烟。
鸣音回荡，似翔鱼穿浪，影后留下波澜轻漫。
广阔里，任鸟近远。
却不离，天下家园。
云开时，阳光下，听林中巢鸟，讨论春天。

2016.12.03.14：12

淡淡思

——浅解一幅水墨画

烟水轻寒,浅鱼无处寻征帆。
高天多云,雁藏何处托思情。
想念时,有期。

2016.12.03.18：26

仙家欢宴

——一幅画

雪铺玉阶溪边楼,
冰月映雪仙子屋。
红灯高挂照琼阁,
玉宇欢宴笑声浓。

2016.12.03.20：41

暮色绚丽

暮春未央遍落花，
牡丹初绽惊蝴蝶。
黄昏夕阳无限好，
花雨纷纷织艳云。

2016.12.04.13：46

佳　景

新池清水映佳景，
芙蓉香丽升明月。
瑞气袅袅舞碧空，
祥云满天迎红日。

2016.12.04.17：46

真　心

人生一杯酒，
为谢千般恩。
一世万种情，
不忘有初心。

2016.12.05.10：31

一种心境

棋逢对手见高低，
枰上举棋分黑白。
颜色相融各自意，
一笑输赢共清心。

2016.12.05.11：26

追光明

——感动某抗战影片

远飞不是为分离，
敢击暴风教春回。
寒雪不摧雄鹰志，
直上九天追光明。

2016.12.05.15：56

素　问

——在大雪节气

梅花未见，大雪偏又来。
是暗香深藏，还是雪不够寒。
问梅枝，却为何不卓立冰山。
看北国风光，
冰封万里千山。
冰山问你，
你从哪里来。
我在南方听雪来。

2016.12.07.11：03

绝纤尘

——大雪节气有感

大雪扫尽落叶魂，
梅花绽放惊寒魄。
今夜明月更皎洁，
冰清世界绝纤尘。

2016. 12. 07. 16：35

真情相爱

——大雪节气抒怀

玉蝶从天飞红尘，
大地相拥逢今日。
天地相爱无绝期，
日月追恋有真情。

2016. 12. 07. 17：00

玉境生香

梅花千树伫雪涛，
冰心藏在雪深处。
玉烟袅袅暗香生，
人在清境蓬莱州。

2016.12.07.17：25 写在大雪节气

谁吩咐

——写于大雪节气

大雪纷纷谁吩咐，
化作玉蝶知春过。
天下芳菲都不恋，
只爱寒处那一株。

2016.12.07.17：53

相送月下

月下清江舟，
带走玉一舱。
何人远送目，
与月遇流波。

2016.12.07.19：57

梨花雪

雪娘凌空舞翩翩，
漫洒梨花似一春。
今夜梅影若有待，
应是明月升黄昏。

2016.12.07.21：50 写于大雪节气

对饮酒

——赠两位友人

阳光普照温暖心，
瑞雪为汁写锦文。
天赐美意对饮酒，
清宇扬歌任君行。

2016.12.08.16：00 农历十一月初十

饮浓醇

暖日入杯温瑞雪，
天香滴琼饮浓醇。
玉色清澄蝴蝶舞，
喜鹊欢声月下人。

2016.12.08.12：10

欣赏彼此

——赠二位君子

昨夜灯照笔下行，
今朝文字见华章。
棋友久对成知己，
相互欣赏彼此骄。

2016.12.08.22：56 农历十一月初十

何处亦逍遥

何处亦逍遥，
山顶云中道。
杏蕊迷竹风，
草上飞嘻鸟。
一树桃花红，
惊艳蝶千双。
清风沐楼南，
北窗听泉畅。

2016.12.09.12：51

咏　雪

飞雪从天下，
大地焕然新。
长水不教落尘，
一泓清波惊魄。
玉宇澄亮，
草木生辉。
万里南北，银蝶纷纷。

2016.12.09.15：16

梦想与现实

蝴蝶同梦飞，爱付桃溪清。
芭蕉卷经年，心与丁香结。
长饮东篱水，轻舟载河星。
随风掀云帘，生命共潮声。
前世梦魂，来生身世。

2016.12.09.16：21

迹象几种

人行一夜月随踪，
水流千里月自留。
行舟与浪同时在，
日出也有月相送？

2016.12.09.20：46

情与意

雪是无意住桃花，
蝶非有情远梅枝。
人暖无意心间住，
季寒有情宇生光。

2016.12.09.21：07

寒　雾

雾起寒沙云升河，
流烟幻海连苍穹。
天外吹来清凉风，
茫茫一派隐琼楼。

2016.12.09.22：30

两处闲情

西园柳，东庭竹，
东风同裁剪刀叶。
向水垂，对云说，
春风同染清凉绿。
两处闲思，别样情愫。

2016.12.09.23：08

桃花树下与你遇

南山月照南山，
陶潜种菊东篱边。
秋天过已冬寒，
菊香飘诗到现在。
听先生，笑谈在南山。
淡茶间，笔赋春天，
先生已伫桃花源。
那里春天早人间。
蓬莱惊鸿衔来信，
溪边桃花已盛开。
君若愿，
看今夜瑞雪片片，
都是桃花瓣瓣，化作玉蝶，
迎接人间春天。
又若愿，
可乘飞鸿到桃源，
桃花树下与你遇，有先生陶潜。

2016. 12. 10. 11：06

玉色添香

白雪飘飘堆夙愿，
冰心铸成天下爱。
只付蜡梅冬寒期，
暗香独传玉色间。

2016.12.10.13：26

稻　谷

碧株在水初长成，
日月相照玉婷婷。
风雨沐浴晶莹梦，
玉心金意向天谢。

2016.12.13.08：08

千年的爱情

又是一场白雪飘飘。
千年的白雪，早已覆盖千年的脚印。
那是纯情的见证，
如朵朵盛开的雪莲花，
是心灵的印迹。
从西藏高原到青海湖畔。
即便掩藏，
因为珍贵。
千年的真爱，就在那里，
无论见与不见。
只需经过来生来世，
无论红尘有没有你。
只要下雪，
情　就在那里。
即便雪化，
爱　一直都在。
千年的脚印，已凝固成石，
不来不去。
只属于，仓央嘉措与仁珍旺姆，
千年不变的爱情。

2016.12.10.12：14

待问今宵明月

山上飘雪，万朵梅花千枝白。
百般幽香，月下绝色。
谁在黄昏独上行，影朦胧。
山下人家早搬离。
君从何处来，为何到雪岭。
想问鸟，鸟飞绝。
待问今宵明月。

2016.12.10.16：15

对君说

雅情总写暗香意，
偏书漫天飞白雪。
诗若美，词若绝，
雪是魂，花韵魄。
对君说，
休踏红尘玉色处，
无有琼枝当为折。
清静世界，
心灵相约。

2016.12.10.17：15

飞　雪

飞雪翩翩花无数，
随风飘越尘世路。
千里万里终不悔，
蓦见琼枝冷香处。

2016.12.10.17：56

花开无尘

生长在泥土，
汲取尘世给。
谁赋洁净心，
初开玉若质。

2016.12.10.20：51

花的心

欲让洁净不染尘，
花开一生如初时。
但知质本泥土养，
万物茁壮何拒尘。

2016.12.10.21：12

谁　懂

一枝孤芳谁懂、听吟。
冷魂寒魄，留下无尽古今诗，迷了多少春天蜂蝶。
幽香袭霜月，天地之间、玉色辉映，白雪有凭。
冰雪生琼烟，袅袅升腾……
回肠荡气，是谁。

2016.12.11.16：23

雪月挑柴人

双肩挑起人间火，
欲暖世上寒与冽。
明月含霜却深情，
华光殷勤送人回。

2016.12.11.16：50

娟月钟情

临风岩上松，
苍声远千重。
娟月独钟情，
眠在绿涛梦。

2016.12.11.17：53

月　慕

竹爱溪边立，
清水流寒石。
空蒙绮色幻，
月辉一起慕。

2016.12.11.18：16

水火相融

——咏烛

水燃火，烛泪的温暖升起灵魂的光芒，
点亮了夜的梦境。
那么，绚烂瑰丽。
火有情，炽烈的爱，
流下似水柔情。
点点滴滴，热泪不止。
水火相融。
给夜，留下永恒的深情。

2016.12.11.20：51

玉　龙

——有感冰封河水

冰封千里河，
蜿蜒伸玉龙。
万年翼龙翅，
已作飞天雪。

2016.12.11.21：23

秋叶心语

秋音唤起风雨度，
一声冷雁远处。
秋叶自知自由。
有风雨相送，
有未知路途，
不愿枝上长留。
一任漂泊。
任空枝嫉妒。

2016.12.12.15：16

茶叶碧意

——寒冬时感

汲取风清雨津质，
素雅独养宁静叶。
碧意一片付玉壶，
沸热无霜暖人腑。

2016.12.12.20：41

咏　藕

不争花叶日月，
未占星光耀水。
独醉，以泥为亲。
独清，浊不染身洁。
谦虚的心，千丝万缕的情。
结了几多愁结。

2016.12.12.21：51

太阳颂

太阳，
你为世间带来光明，
升起在东方。
让遍地开满鲜花，
田野到处是丰收景象。
你的光芒，
是永远的希望。
你总是　温，
想留住永恒。
怎能忘记，深深藏心灵。
今夜，遥想明月下的巫山，
一定彤玉生烟，
袅袅飞诗……
都是红色。

2016.12.13.20：51

红雪惊云

巫山叶，
霜雪风吹，应红得更深情。
记起去年今日，
巫山上初遇红叶。
爱得沉醉，只能静静相视。
怕人攀折，怕转身消失，
想留住永恒。
怎能忘记，红雪惊云。
今夜，遥想明月下的巫山，
一定彤玉生烟，
袅袅飞诗……
都是红色。

2016.12.13.21：06

明月为凭

——写在农历十一月十五夜

窗外，夜空呈绛云。
似远方有红玉，光雾穿透，
应是今夜月辉相送。
从巫山，
把红叶的美意、告诉我。
我的赞美、早已托付。
明月正对红叶说。
一种真诚，两处不忘。

2016.12.13.23：32

仙之景

——感慨冰雪美景

雪的世界。
天上飞奔玉蝶，大地铺银。
白蟒　醉梦江水。
山成浪　绵延雪涛，与蝶同舞乐。
仙之境、琼枝剔透，万树香辉。
红尘客、流连忘归。

2016.12.14.14：52

欲来年

寒风吹，更近冬至，
又添冷，更落霜雨，
气温更加低，不减冰雪尺。
岁末渐渐欲来年，
世间将又一次，送旧迎新。

2016.12.14.15：52

欲说春近

欲说春近寒未尽。
雨帘听冷，还着风霜韵。
霎见雪蝉穿帘雾，
更会冰蝶大寒舞。
似玉人呼之欲出。
万物听籁，冰下隐初流。
大寒只与春天近，
迎春蓦见香如故。

2016.12.14.20：41

香　玉[1]

寒木冷叶带倦容，
一枝绝世悄然出。
昨晚黄昏雪成阵，
今朝香玉引千蝶。

［注］

① 香玉：蜡梅。

2016.12.14.21：41

诗意天赋予

蜡梅诗意天赋予，
白雪更添韵清绝。
暗香总在最冷天，
瑞气只付素华云。

2016.12.15.14：06

丁香意

花开满树雅一方，
不愁飘零心自知。
君若欣赏补上情，
慕你只看丁香结。

2016.12.15.14：45

红橘结相思

南国红豆霜时结，
一树相思在为谁。
雪里清梅只孤艳，
红玉温润千里雪。

2016.12.15.15：03

黄昏听鸣

几声鸟鸣透黄昏，
栖在谁檐似唤回。
春来还有一月路，
寒中足见温暖情。

2016.12.15.18：46

叹书签

无言书签读万卷，
沉默素心记千篇。
一生付与笔墨香，
曾停世间几驿站？

2016.12.15.19：12

暖　意

春风先到冰雪处，
暖意化成春水流。
香梅托付一段情，
后来万朵笑春风。

2016.12.15.21：21

两心相约

——说他们的爱情

太阳东升照东飞，
祥云瑞气送佳人。
君在蓝海小岛望，
两心相约共度节。

2016.12.16.12：09 农历十一月十八

早有约

芳心到天涯，
君已渡重洋。
佳人今飞越，
小岛早有约。

2016.12.16.14：53

只为情

朝阳初升照仙子，
万里飞越只为情。
先随瑞气去厦门，
便驾祥云到岛国。

2016.12.16.16：25

叶　问

日出身心暖，
如醉三月春。
叶问天边蝶，
桃花开何时。

2016.12.17.09：13

春风不老

山林沉寂。
听风雨只落寒意，地上，枯叶早是老化，已作土沙。
看树、叶老枝上。
似萧萧老苍。却不似人老。
只要春风不老。
春风、老去红颜，春风不老山。
春风年年绿树枝。

2016.12.17.21：21

双　玉

飞雪写梅魂，
香梅闻雪魄。
双玉世无价，
笔墨不可画。

2016.12.17.22：03

丽人来

——对一影像的记忆

风雨深巷，雾卷丽人来。
昏湿顿散，一片柔光温暖，惊了黑暗。
即便是，在困苦的年代。
荷花出淤泥，高贵典雅，卓然于平凡。

2016.12.18.13：00

明　净

——关于某影片的情景

浮云散尽，看星月辉映，在蔚蓝的天，
照耀红尘、见有玉人来。
在除却浮华的那天。大地如洗、无尘埃。

2016.12.18.13：32

美　意

——感谢昨日送春人

梅携春意开百花，
人带温馨暖诚心。
黄昏云动情，
月照花前人。
晨光透明辉，
满屋迎春生。

2016.12.19.16：36

净　景

风约梅枝摇清浅，
绰影轻漾水云间。
佳人与香遇新月，
飞雪来时满空蝶。

2016.12.19.17：56

雅之韵

风韵幽兰，月下邂逅香梅开，
悠竹是，早到十二年。
问菊花，南山东篱边。

2016.12.19.18：29

仙慕红尘暖

月升缥缈云，
似娥下琼楼。
冰轮高处寒，
折桂降红尘。

2016.12.19.21：08

欲知春来

飞雪飘飘草木萧萧，
千丈冰冻更凝寒峭。
欲知春来，
看梅落雪化。

2016.12.19.22：06

寻　问

雾落晶珠、寻遍寒江两岸树，谁是玉株？
最冷时候。大雪飞度、片片问候。

2016.12.20.08：42

空山雪

空山晶莹雪，
万树剔透枝。
雾凇琼景帘，
滴声似步仙。

2016.12.20.09：00

南国温情

无虑风雨度，
南国正温情。
海上艳阳升，
照我明飞临。

2016.12.20.11：51

可否天涯远

长江能长嘉陵江，可否天涯远？
水又水　历经多少山又山。
梦里路　早到蓝海边。
海天成一色，明月为谁等　夜夜来。

2016.12.20.14：52

面朝大海

浩海起波，波澜生烟，烟幻缥缈……
海市蜃楼，前世住所，桃花已开……
海静醒梦，明月出水，滴声听词……

2016.12.20.15：26

海之韵

遥望涛声外，
千里海岸沙。
秋色染成黄，
椰树请春到。
风吹浪花开，
琼露已溢香。
雪作花容颜，
惊了明月霜。
红日照蓝海，
闪烁遍夏花。

2016.12.20.16：29

南北路

——浅解某电视剧

去年雪满群山树，来往南北路。
今年无雪无往来，
梅在山谷深处、香如故。
相忘不因未有雪，雪来也相忘。
南北路程雾茫茫。
纵然茫茫雾隔、却难忘。

2016.12.20.21：06

回　眸

艾渝清

童真少年树人情，
豆蔻苦读不觉闲。
今别母校风雨载，
回眸依依别样甜。

收到时间:2016.12.22.01：14：11

心　醉

——献给您

今生　有幸与您一道，
我们迎着太阳的光芒，
奔向前方。
在明月下　安下我们温暖的家。
用真诚　我们拥抱心中的美好。
日月爱我们，
我们是那样地　热爱太阳，
深爱着　那一轮明月。
我们的心醉了。
您　让我珍惜。

2016.12.21.22：21 冬至

不　忘

——赠清儿

吾儿深情忆母校，
树人早是我家情。
爷爷曾经当校长，

二十八岁党培养。
记我与你同校友，
蓓蕾树人一中人。
尤其一中你读书，
我早一中当教师。
我们同是一中人，
不忘一中师生亲。
当时家定一中园，
我与你父初相识。
岁月已过三十年，
那间小屋暖一生。
风雨让人更珍惜，
温暖住在善美心。
生命有义情无价，
记住一世太多情。
真情流在血液里，
四季花开美一生。
不忘初心不忘本，
党的恩情永远记。

[注]

我与清儿同为蓓蕾幼儿园、树人小学、重庆一中学校校友。

2016.12.22.08：26

愿认天涯作故乡

——海南游有感

身随飘云到天涯，
回首家乡似远方。
心与海潮共呼吸，
此觉前世是故乡。

2016.12.22.22：19

彼此深情

浅浅一湾海水，淡蓝绿，在缥缈的薄纱中，
变换着朦胧的身影，
却都是万般温暖。
他从远方，为你而来。
也许你　并未看见。
其实烟云，
从来不掩，你深沉的爱情。

2016.12.22.23：22

天外回荡颂扬

——参观东坡书院感

大海东去，长浪、惊卷不朽音，苏轼绝句。
天外回荡颂扬，赞千古文豪，杰出，堪称第一。
品格深撼人心，古今崇敬。
海风吹了千年，留下许多苍声。
感叹东坡先生，一生的足迹。
大海作证，白云为凭，天地可鉴，伟大之精神。

2016.12.24.22：41

景　仰

——参观东坡书院感叹

今生有幸，走向千年东坡，书院香馨。
清风起，吟叹一段牵魂史。
雨纷飞，诉说着千年，后人相思。
无穷无尽……
西园的红莲，依然颜如玉，温润美丽。
东园树，仍是傲然挺拔，叶茂根深。
先生之精神，景仰一生。
大海惊涛拍岸，
又卷千年雪。

2016.12.25.10：07

我只一颗心

远游归来，犹带长云，暖意萦绕心情。
几天时间，相隔几千里，谁算我眷意。
两处有牵，别样景况，我只一颗心。
魂牵梦绕、难说唯一。
远近还有情意。

2016.12.28.13：00

到海岛

到海岛，春暖花开。不是春天，花也灿烂。

夏天不增海岸，琼浆满海。

秋月，从海水升起，带出千年诗篇，色如春艳。冬之海，卷起千堆雪，白梅开在浪尖。

椰子树，把春色种在海边，一生里，结出了许多甜蜜的爱。

海之水，永远不消减。

深情的蓝，牵动红尘、千万里相恋。

浩瀚的大海，一直呼唤着，对生命的热爱。

2016.12.28.16：19

朝夕景色

——海岸观赏

潮起连天茫茫，远近帆船似仙鹤，欲展翅飞翔。
东方初升朝阳。
蓝波粼乱辉光。

夕阳辉煌了黄昏，
海面披上橙纱。
缥缈迷幻。
模糊中渐渐退潮……
那些小船、纷纷搁浅，
静静休息在沙滩上。
听寂寞的海风，一夜歌唱。

2016.12.28.21：06

千里一梦

——海南归来时刻

千里一梦，沧海已桑田。
归来时，家乡物是生陌，天涯人远犹新。
清风是旧知。

2016.12.28.21：57

海　夜

海潮初落平，
皓月冉冉升。
岛上人间宴，
嫦娥送酒飞。

2016.12.28.22：36

蜡梅暗香

寒潮时，梅初开斜枝、润玉可数。
渐渐更多情。风艳香魂，水照仙姿。
雪又来、平添诗韵。
有谁知，
不占春色，却约初春，为百花有期。
冷香生暖，玉烟天成。
看楼南桃花千枝。
又许多芳菲。
一场春风已成，为谁花蝶纷纷。

2016.12.29.15：50

谁看见

谁看见云彩艳丽在雨天，
满天星辰闪耀，与雨水结缘？
也许，是一段相思的童话。
我们仰望夜空，
月华如昼，玉色染遍了黄昏，
凝霜的月，
是不是看过那一片云彩？

2016.12.29.16：51

沧海观景

海阔无限流，
缥缈烟水蓝。
清绝天籁音，
明月初升海。
曾经桑田变，
千古谁曾来。
蓝田存温暖，
珍珠深藏海。

应是那时月，
滴泪留世间。
红尘千般爱，
为等明月圆。
月有阴晴时，
人间有悲欢。
风雨可渡船，
生命大海载。
圆月会寂寞，
情有空等待。
沧海一粟渺，
人生百年短。
春江花月夜，
几回深情遇？
夜夜流新水，
海阅不同代。
今宵皓月下，
海上谁仰天？

2016.12.30.13：56

遥　远

记得人生一段段，
回忆时刻已遥远。
经年桃树仍照水，
花瓣漂水何处见。

2016.12.30.16：10

醉在心间

一杯陈年老酒，把往事醉在心间。
浓茶不解梦里。
一觉　就是千山万水。
何时梦醒。
又醉。
一生酒几杯？

2016.12.30.22：41

迎接新年

梅香还萦绕疏枝，
却留不住，谢意朵朵。
偶听落声。
是春天要来。
春风一定恭送暗香，
致以深情。
再用春风词笔，写一首赞美的诗，
让人间记住美意，
桃李感谢梅雪，
瑞雪已兆丰年。
前面的春风在说，
明天　开始新的一年。
渐渐　春携花蝶满世间。
我们迎接新年。

2016.12.31.11：56

不负一生善

——元旦感怀

去年今日又一年，
世间人事许多彩。
日月未改光艳照，
红尘初心谁有变？
但愿人长久，
共享和谐爱。
感谢生命光，
不负一生善。

2017.元旦.09：53

知春消息

云天听东风，
告知春消息。
花仙欲飞来，
播撒桃李开。
凌波起云涛，
送酒醉人间。
春天到来时，
世界更多暖。

2017.元旦.10：29

引春回

新年钟声引春回，天边温暖云。
已听归雁鸣声声，
似曾昨夜相传　梦醒中。
春花秋月年年好，看青春变老。
千古星辰今宵在，
春天永远不老　又将到。

2017.元旦.14：56

听　草

新年欲春天，
风流减寒霜。
听草半醒问，
谁枝第一春。

2017.元旦.21：12

月邀谁

春催桃李开，
花引蝴蝶来。
世间赏花人，
月邀谁观看。

2017.元旦.21：36

大概是

暖化寒霜雪，
冷冻热心扉。
空心竹结愁，
实诚人付情。

2017.01.01.22：19

因云而思

云飞云又来，
海流海无间。
藕断藕丝连，
人陌人情远？

2017.01.02.10：23

谁为丁香结愁

——观乡愁节目有感

乡愁，是丁香结愁。
满树的花艳，
为何尽结相思愁？
漂泊的人，
当初为什么离家要远走？
请飞鸿衔枝，寄予一枝故乡的丁香，
把家对游子的深情，
种在他乡。
一树的多情，结相思。
丁香花世世开，
无论何地，都为结满愁。
一生，为爱而生。
世世相思。
谁为丁香结愁？
花开又一世。
祝福漂泊的人。
请记住乡愁。

2017.01.02.11：31

玉　暖

白雪知清心，
疏影撼明月。
寒中一枝香，
玉暖世间人。

2017.01.03.10：41

可看百代花

年初气象逐渐新，
又添白发更怀旧。
春风吹开桃花时，
我住竹园频回顾。
青春年少黄金日，
芳菲红颜世间珍。
年年花好人渐老，
纵老可看百代花。

2017.01.03.21：29

山水之间

怅望长水流，心在远方山。
北方山上有佳人，
可叹佳人，未近南水边。
纵有鱼传远，题遍红叶笺。
怎与那山寄情篇。
玉人高处，何时肯下来。

2017.01.03.22：39

送给新年

东风一揽，收获去年光和彩。
送给新年，吩咐世间美事连。
开遍百花，千山万水似仙家。
红尘温暖，天上也爱人间好。

2017.01.03.16：05

云声雁引

云声雁引到春前，
近看天下花醒半。
我是雾里看花久，
哪朵芬芳是旧颜。

2017.01.04.08：42

欲知蝴蝶

何时春到，问风前梅花借月明。
休说桃花，看南北尽留相思雪。
不为花开，欲知蝴蝶飞来双双。

2017.01.04.14：13

背后的军礼

——有感某抗日影片

背后的军礼，
来自于最崇高的敬意。
因为面对，
只能冷酷无情。
或者　互不相识。
把感动埋在心里。
庄重地　给背后一个军礼。
这是军人的深沉。

2017.01.04.19：56

冷　艳

独傲霜雪收尽寒，
琼枝凝玉何须叶。
冷艳不是无情意，
迎接春来与春违。

2017.01.05.21：41

游子吟

归家盼船来，
波动思乡曲。
身伫异国礁，
心眷彼岸情。

2017.01.05.20：29

一枝梅

一枝梅，初香赠予雪。
自持清心玉质。
留下一段情，
独对黄昏明月。
美意放尽，含余香，
暗许　春来取。

2017.01.05.20：23

日升芬芳艳

红霞映山河，
日升芬芳艳。
君立东峰上，
吟唱春风篇。
蜂酿蜜意酒，
千杯饮醉甜。
蝴蝶万种美，
绚丽展欢颜。

2017.01.06.15：26
星期五农历十二月初九

盛　宴

明月高照闻仙曲，
丹桂天香沁心脾。
玉宇澄清好景象，
美酒醉君一生甜。

2017.01.07.08：36

寒冬火炉

收尽空中寒，
释放满腔暖。
人感热情时，
正是冷退处。

2017.01.08.11：08

问春天

蝶舞蜂绕芳菲颜，
百媚千娇谁占先。
春光无限世间暖，
哪缕早红桃花面。

2017.01.08.11：51

净　境

白雪舞霜蝶，
寒梅生冷香。
清丽绝纤尘，
净境出玉乡。

2017.01.08.17：56

绿先知

春暖欲来绿先知，
飞上枝头正绸缪。
不只为配红颜美，
世间碧意爱太多。

2017.01.08.21：05

月照水

夜色帘幕遮世事，
红尘梦入芙蓉水。
明月深知意，
相照最相宜。
风来未裁梦中情，
夜航不载月下梦。
夜深沉。

2017.01.13.11：12

美　色

春风吹散严冬寒，
太阳开遍美色花。
月与爱意偏相约，
况且旧情已先到。
蜂传人心蜜。
蝴蝶递花香。
日月世间照。

2017.01.13.12：16

桃李缘

桃李春风争相放，
为续前缘同结果。
清凉甘甜人心静，
芬芳斗艳添春色。

2017.01.13.12：47

相　知

生命和岁月结缘，
相知与远近无关。
心灵的翅膀，飞越流年，
跨过时间，
在空间自由交谈。
与相知有关。
美妙世界。

2017.01.13.14：36

柳　枝

柳枝不堪折，
况在风雪时。
春来发数枝，
未必为赠别。

2017.01.19：42

从古至今

生命无数踪，
物换星移迁。
不变日月明，
古今水向东。

2017.01.13.20：42

美　梦

梦似花上蝶，
花开花谢飞一段、绚丽时期。
春去春回　又一段，
好梦成真。
年年有期。
年年春如初，开满芳菲。
花好蝶自来，
蝶又花上飞、美梦继续……

2017.01.14.12：16

淡　色

萋萋芳草连远烟，
漠漠流水荡孤帆。
水天为凭飘柳絮，
飞花无声落轻雪。

2017.01.14.21：12

浅 谈

——对惆怅客纳兰说

落花携带余香飘，
梧叶飞尽春又发。
枯木尚能生绿苔，
愁肠可否不结霜。

2017.01.15.11：12

解 冻

——有感流凌报道

冰封河道寒已久，
蓦见流凌缓缓动。
虽是春步远远来，
渐渐温暖堪解冻。

2017.01.15.13：41

大雨后

当大雨下透，
已乌云散尽。
大地特干净，
屋檐水在滴。
鸟儿很安静，
花落知几许？

2017.01.16.14：51

初　春

醒树吐绿归燕，蜂蝶萦绕新花，
山清水秀世间。
黄昏之后，有情人在月下。

2017.01.16.17：46

冷竹韵

——大寒节气感之

大寒更塑清景。
叶冷竹笛，风韵因枝绰，雨雅因音秀。
摇曳怀旧情思，悠扬迎春新声。碧色玉质。

2017.01.20.08：18

酣畅相对

——大寒节气有感

大寒好饮浓烈酒，
红烛燃情夜到明。
此时倍感暖如春，
酣畅相对见真诚。

2017.01.20.16：12

寒冷蕴温暖

——写在大寒节气

最冷时候梅香奇，
大寒酒醇更热烈。
冷香蕴含暖诗意，
温情来自寒意去。

2017.01.20.17∶18

咏　松

宁可身立岩峰、绝壁悬空，不改初衷。
风雨未曾凋谢，苍翠大气，铜铸傲骨。庄重从容。
最解世间温情。
云卷云舒、静听松涛放歌。
是直抒　对日月的赞颂。
看红日照松间，飞来千百仙鹤。
我们如此感动，世间最美的祥和图。
特钟情　明月挂松枝。
荡漾起多少诗句，古今清心婉约。
色彩黄昏朦胧，韵律风流，魂魄磅礴。
深深　景仰松。

2017.01.21.11∶32

香蒲吟

香蒲日月水清浅，
蒲花艾草天生缘。
气质若兰超凡姿，
更比兰草知世间。
蒲叶绰约尽诗意，
一生倾吐根之爱。
花开如玉淡雅香，
香气漫向云天外。

2017.01.21.21：47

咏兰草

兰草潇洒长仙乡，
玉株临风生紫烟。
一生凝结深深情，
蝴蝶难弃成兰花。
兰花兰叶终相眷，
不教洁净沾尘埃。
只许清水作墨汁，
邀雪为魄写魂香。

2017.01.22.21：51
修改于：2017.01.23.11：39

永远的笑容

家乡的路　连接着远方的情，
团聚的心　牵动了期盼的步。
思念与情爱，
使得最冷时候，变得最暖。
辞旧迎新，
留住了　永远的笑容。

2017.01.24.11：51

远　眺

——浅说一幅画

白云天尽头，
鸿雁带锦书。
谁托春消息，
远眺挂帘钩。

2017. 01. 24. 14：38

洒　脱

世间闲事挂秋树，
西风吹散可忘忧。
强过千杯浇愁酒，
人生处处是洒脱。

2017. 01. 24. 14：57

渔村夜

星星点点江上船，
黄昏归来渔唱晚。
渔家灯火深夜疏，
恍留月下一江空。

2017.01.24.15：52

椰风新

海岸爆竹响声声，
往事如水椰风新。
朝夕潮痕留旧梦，
但愿梦醒人相亲。

写于海南

2017.01.30.22：33 正月初三

物事与人生

——初到新村感慨

初住只觉两陌生，
欲别却盼长久情。
人生总想如初见，
物事越久把魂牵。

2017.01.30.23：20

昨夜美梦

海上花开，香花成岛。
一朵芬芳，恒生瑞祥。
日月相照，心醉久长。
蝴蝶已来，人住花上。

2017.02.01.10：39 正月初五

满园春

日升东方诚邀月，
月请玉人赴美宴。
人间欢庆满园春，
纷纷赴宴带蝴蝶。

2017.02.02.18：52 正月初六

昨夜今晨

昨夜春雨潜根住，
今晨春风绿枝头。
更吹开、花无数。
千里纷纷蜂蝶舞。
游人如织添锦绣。
春潮直响万里流。
春如旧，景似初。
春声外　静听一心曲。
那音应在　几重深深处？

2017.02.16.12：13

早　春

春意先唤芳草出，
一夜间　点点绿。
溪边落梅才漂去，
竹外桃枝欲绽蕾。
早春冷暖变无数，
不挡万物梦渐苏。

2017. 02. 16. 20：23

感　慨

——高中毕业照有感

风华少年今世缘，
同拜恩师学两年。
难舍离情南北分，
梧桐树下留想念。
四十年来岁月匆，
怅问梧桐可否在?
梧叶翩翩飞何方，
风雨著书作书签。
不忘恩师培育情，
学生一生永记怀。
蓦然回首中年已，
更加珍惜倍加暖。
春天不老春又来，
又开桃李四十遍。
青丝已换霜雪鬓，
满足看花四十代。
生命最贵是真情，
祝愿大家乐与健。
岁月不老美梦心，
百花树下无数见。

2017.02.17.15：29

春天同美

南北春天各有诗，
东西人家同美心。
红梅那方正开放，
桃花此处已欢声。

2017.02.18.11：13

深　情

谁为红颜写相思，
我伤花落怕花开。
愁句墨迹未干泪，
爱向花间情无边。

2017.02.18.14：37

桃枝如初

江天暮雪悄然散，
寒水冷烟渐行远。
桃枝如初含苞待，
且等水鸟先说暖。

2017.02.18.15：39

也许只因

见与不见平常事，
也许彼此未挂牵。
相见时浓别亦浓，
只因彼此情意重。

2017.02.18.17：13

江岸桃花红

春风又度，先红桃花树，点燃江水千里　澮澮灼。
宛若仙子成阵，绛纱　岸边舞婆娑。
丽颜对水照，羞涩似霞红，彤云斑斓入水流。

2017.02.18.19：16

皆可期

清风明月共清心，
红尘内外皆可期。
意静心宁生双翼，
除却喧嚣向云飞。

2017.02.18.21：21

春江水暖

绿杨树下，春江水暖，几家鸳鸯往来，水草才吐嫩绿。
轻风微波，足矣荡漾鸟之惬意、春之温情。
碧色之外，一树桃花映水。
似红粉佳人。

2017.02.19.12：56

春风曲

落梅去后香留空，
嫩叶初上春回枝。
一江春水送香雪。
春风里，吹开桃花心。

2017.02.19.16：03

春　晨

芳草湿烟隐阡陌，
江上迷雾半遮楼。
杨柳飘荡处　笛声悠扬。
应传春又归。
堪听。
阳光送暖，放眼花开，两岸群山。
堪画堪题。
仙境堪称。

2017.02.19.16：58

观江景(一)

几重翠山延东岸，
一轮红日刚出山。
西堤绿柳飞燕闹，
南北航船桥下穿。

2017.02.19.20：36

观江景(二)

风拂翠绿延东岸，
一轮红日半出山。
西堤绿柳飞燕闹，
航船过往千里穿。
（艾渝清修改）

2017.02.19.21：32

浩　瀚

穿云逐浪云水间，
飞鸟翔鱼竞相欢。
无限乾坤心浩瀚，
可获人生美好佥。

2017.02.20.08：56

无边大海

浩瀚烟波远处帆，
朦现幅尺一寸半。
无边海面绝飞鸟，
千里回荡浪拍岸。

2017.02.20.12：02

花　草

花因草更娇，草为花得誉。
相映美画卷，佳境共诗韵。
我与谁同赏，平分无限意。

2017.02.20.12：28

今夕是何年

海平无边，星光遍水，瑰丽蓝宝石，银钻镶嵌。辉艳。
霎时，涛声吞星，明月出海，海鸟欢飞，
海天间、仙乐悠扬，从蓬莱传来。
今夕　是何年？

2017.02.20.13：05

心灵撼

——感动电视剧《五星红旗迎风飘扬》片段

肝胆相照不需言，
目光对接心灵撼。
风霜雪雨岁寒友，
别时海棠依旧恋。

2017.02.20.16：51

夜深人静

——感动某电视剧片段

夜深人静月已西，
寒空疏星闪泪声。
西花厅内照无眠，
海棠依旧情深深。

2017.02.20.17：41

春雨美妆

柳枝才揽春风早，
碧意引来燕穿条。
昨夜雨　添挂珠，晶莹亮。
微有冷　绿生凉，心情爽。
前日桃花暖中放，
今若丽人恰浴妆。
胜过玉环当时样。
杨柳下，水中岛。

2017.02.21.11：06

水边桃花红

风拂绿水似皱裙，
粉衣散香立佳人。
引来蝴蝶翩翩舞，
阳春三月出帘时。

2017.02.21.11：36

凡尘何处

——有感新闻报道

才把冬词换春赋，
却听梅开正香春。
有红梅映水、白梅似雪、绿梅若玉……
无边无际、难数难画、难题难咏……
属于凡尘何处？
却又是　难亲难近，
直叹　是在遥远的千万里。

2017.02.21.12：10

醉心上

一帘烟雨隐湖水，
只听音溅未见漾。
春色羞藏有无中，
野香直扑醉心上。

2017.02.21.14：24

秋色西湖月

——忆去年此时

丹桂香又来，
怎不忆江南？
秋色西湖月，
去年异乡客。

［注］

去年，当家乡丹桂飘香的时候，旅游经杭州，欣赏了如梦如烟的西湖，还有他乡的月色。很美。

2017.09.05.21：08

最记烟雨朦

经年怀旧时，
去年江南行。
美遇不知数，
最记烟雨朦。

2017.09.05.21：58

梦幻西湖

——浅见

西湖烟雨朦，
千年迷幻梦。
深入出不来，
浅近织梦路。

2017.09.05.22：33

此生不忘

世上无数山外山，
不忘是孤山。
已知沧海多少水，
迷茫西湖水。
世上明月同一轮，
深情三潭月。

2017.09.05.23：06

孤山寓意

孤山[①]朦月暗香语，
只对林逋说相思。
白鹤翩翩舞诗云，
回旋千年绕林仙[②]。

［注］

① 孤山：西湖之孤山。② 林仙：北宋词人林逋。

2017.09.05.23：51

缥缈水中楼

——昨夜梦境

江南烟雨巷，
纱灯朦胧照。
点点温暖红，
昨夜引我途。
缥缈水中楼，
房前一绿柳。
叶袅吴浓音，
评弹春蕾屋。

［注］

去年曾二度专程到苏州春蕾屋听评弹，令人一直如痴如醉，因此，昨夜又入梦。

2017.09.06.10：41

更慕千古情

——听天气预报有感

今听杭州雨，
应涨西湖水。
烟波太迷人，
可惜千里程。
二度曾亲近，
无数梦里遇。
浓淡总相宜，
更慕千古情。

2017.09.06.11：09

邀您一起醉
（结束语）

如梦如幻，我是怎样来到了这里？又好像从未离开。

记得经年秋水，清澈淡泊，淡淡长流……一片如烟的记忆，模糊了远去的飞影。不知过了多久，如今水草依然，渚上岸边。只是不知，历经了几番霜冷雪寒。此时，正看到天涯的鸿雁已归来。水草葱绿，还有花开。那棵树，仍旧在水一方，已碧意绽满。

春天来了。春江水暖。

这里，究竟是世间何处？无论春花秋月，都如此淡雅美好。心，宁静致远。

鸿雁已归来，斟满春水对明月，邀您一起醉。

钱　亚

2017.02.06.23：46